www.literaturasm.com

Primera edición: abril 2005
Sexta edición: abril 2011

Dirección editorial: Elsa Aguiar
Coordinación editorial: Teresa Tellechea
Traducción del catalán: Marinella Terzi
Texto: Roser Rius
Ilustraciones: Carme Peris

Trèvol Produccions Editorials ha contado con el asesoramiento
de Luciano Montero, psicólogo.

© Trèvol Produccions Editorials, 2005
© Ediciones SM, 2005
   Impresores, 2
   Urbanización Prado del Espino
   28660 Boadilla del Monte (Madrid)

ATENCIÓN AL CLIENTE
Tel.: 902 121 323
Fax: 902 241 222
e-mail: clientes@grupo-sm.com

ISBN: 978-84-348-2803-2
Depósito legal: M-35740-2010
Impreso en la UE / *Printed in EU*

Cualquier forma de reproducción, distribución, comunicación pública
o transformación de esta obra sólo puede ser realizada con la autorización
de sus titulares, salvo excepción prevista por la ley. Diríjase a CEDRO
(Centro Español de Derechos Reprográficos, www.cedro.org) si necesita
fotocopiar o escanear algún fragmento de esta obra.

Marcos
ya no tiene miedo

ROSER RIUS

POR LA NOCHE, MARCOS SIEMPRE ENCUENTRA MIL EXCUSAS PARA NO IRSE A DORMIR: ACABAR UN JUEGO, LEER UN LIBRO, MIRAR LA TELEVISIÓN... PORQUE MARCOS ES UN POQUITO MIEDOSO Y NO QUIERE QUEDARSE SOLO Y A OSCURAS.

ESTA NOCHE, LA ABUELA LE HA CONTADO UN CUENTO
Y DESPUÉS HA APAGADO LA LUZ.

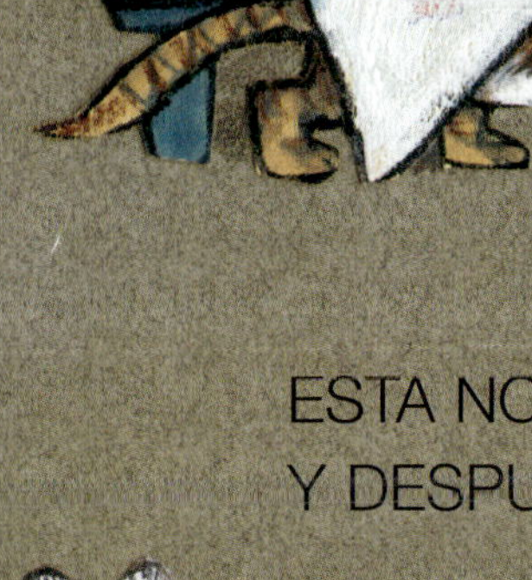

LA ABUELA SE VA, PERO DEJA LA PUERTA
MEDIO ABIERTA PARA QUE ENTRE
POR LA RENDIJA LUZ DEL PASILLO.
POCO DESPUÉS, A MARCOS LE PARECE
QUE ALGUIEN GIME.
—¡ABUELA, EL MONSTRUO LLORA!
¡NO LE GUSTA ESTAR ENCERRADO!
–GRITA MARCOS.
PERO LA ABUELA NO LE OYE.

—¡UU, UU, UU, Y MÁS UU! –REPITE EL MONSTRUO, Y SACA LA LENGUA.
PERO MARCOS SE EMPIEZA A REÍR.
—¿NO TE DOY MIEDO?
—¿MIEDO? ¡SI ERES UN MONSTRUO CANIJO!

—¡UU, UU, UU, Y MÁS UU! –REPITE EL MONSTRUO, Y SACA LA LENGUA.
PERO MARCOS SE EMPIEZA A REÍR.
—¿NO TE DOY MIEDO?
—¿MIEDO? ¡SI ERES UN MONSTRUO CANIJO!

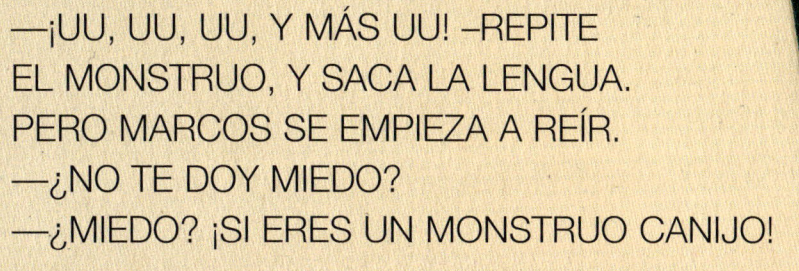

—¡NO SOY CANIJO! ES QUE AÚN SOY PEQUEÑO
–DICE MUY OFENDIDO.
—¿Y TUS PADRES NO TE REÑIRÁN
SI VUELVES TARDE A CASA?

—LOS MONSTRUOS NO TENEMOS NI PADRES NI CASA.
VAMOS DE UN SUEÑO A OTRO,
SIN PARAR EN TODA LA NOCHE.

—¿POR QUÉ NO TE QUEDAS AQUÍ?
ME HARÍAS COMPAÑÍA…
–LE PROPONE MARCOS.
—NO PUEDO: SI TU ABUELA ME ENCUENTRA,
SE ENFADARÁ –LE EXPLICA EL MONSTRUO.
—¡TE ESCONDERÉ EN EL CAJÓN
DE LOS JUGUETES!

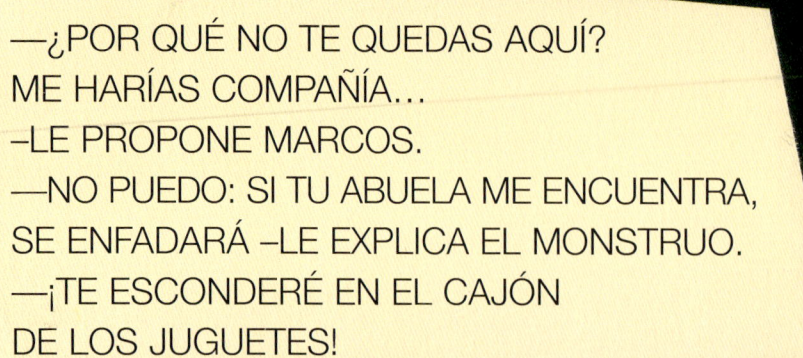

—NO QUEPO, ESTÁ LLENO.

—¡PUES QUÉDATE A VIVIR EN EL ARMARIO! —LE PROPONE MARCOS.
—¿Y PODRÉ COMERME TUS CALCETINES?
—¿MIS CALCETINES?
—¡MMM! ¡ME ENCANTAN LOS CALCETINES DE LANA!
—¡TE LOS PUEDES COMER TODOS! ME PICAN UN MONTÓN.

CUANDO LA ABUELA TIENDE LA ROPA, MURMURA:
—NO SÉ QUÉ PASA CON LOS CALCETINES, PARECE QUE SE LOS COME LA LAVADORA…
Y ALGUNA NOCHE, CUANDO SALE DE LA HABITACIÓN DE MARCOS, LE DA LA IMPRESIÓN DE QUE DESDE DENTRO DEL ARMARIO ALGUIEN LE DICE, BAJITO, BUENAS NOCHES.

HAZ UN TÍTERE DE MANO

1 Necesitamos un guante de goma verde, y pintura plástica rosa, lila, blanca y negra.

2 Con la pintura rosa hacemos los ojos, el pelo y las pecas.

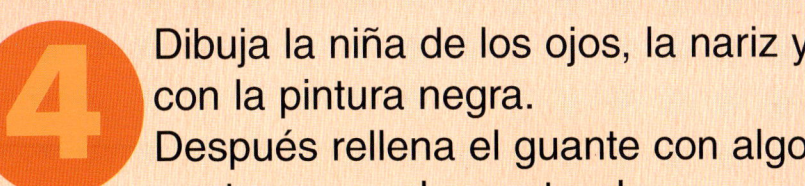

3 Con la pintura lila pintamos la frente, y con la blanca, la boca.

4 Dibuja la niña de los ojos, la nariz y los dientes con la pintura negra.
Después rellena el guante con algodón y… ¡ya tenemos el monstruo!

HABLEMOS DE… **EL MIEDO**

En esta edad, ante situaciones desconocidas, muchos niños tienen miedo. Y uno de los momentos más habituales de expresar este sentimiento es la noche.

A la hora de ir a dormir, el niño se queda solo; las personas que durante el día le han cuidado y le han dado seguridad se van. Entonces tiene que enfrentarse con la oscuridad, con sus fantasías y sus temores. Se siente desamparado y es normal que esté asustado.

Se le puede ayudar a vencer el miedo haciéndole compañía y llevando a término una serie de "rituales" que le ayudarán a tranquilizarse: ordenar los juguetes, arroparle, mimarle, contarle un cuento, darle el beso de buenas noches, dejar la puerta un poco abierta…

Seguir siempre la misma rutina da confianza al niño, ya que se trata de algo conocido; por tanto, para él puede ser importante que repitamos las mismas acciones, en el mismo orden. Por eso no es nada extraño que todas las noches quiera escuchar el mismo cuento, y que haya que contárselo con las mismas palabras, sin cambiar nada.

Hay que tener en cuenta que es conveniente salir de la habitación antes de que se duerma porque así se habituará a dormirse solo conscientemente y se evitará que, si se despierta, se asuste al no ver a nadie.

No hay que tener prisa, hay que estar tranquilo, pues esto le transmite calma al niño y le ayuda a relajarse. Si el niño insiste en no quedarse solo, puede ser bueno que cambie la persona que lo acompaña a dormir.

Es preciso ser afectuosos y no perder la paciencia ya que el objetivo es conseguir que ir a dormir sea un acto agradable, plácido, y no una batalla para ver quién se cansa primero.